"Patrie"

G. LE ROUGE

LE CARNET D'UN REPORTER

20c.
Le récit complet illustré

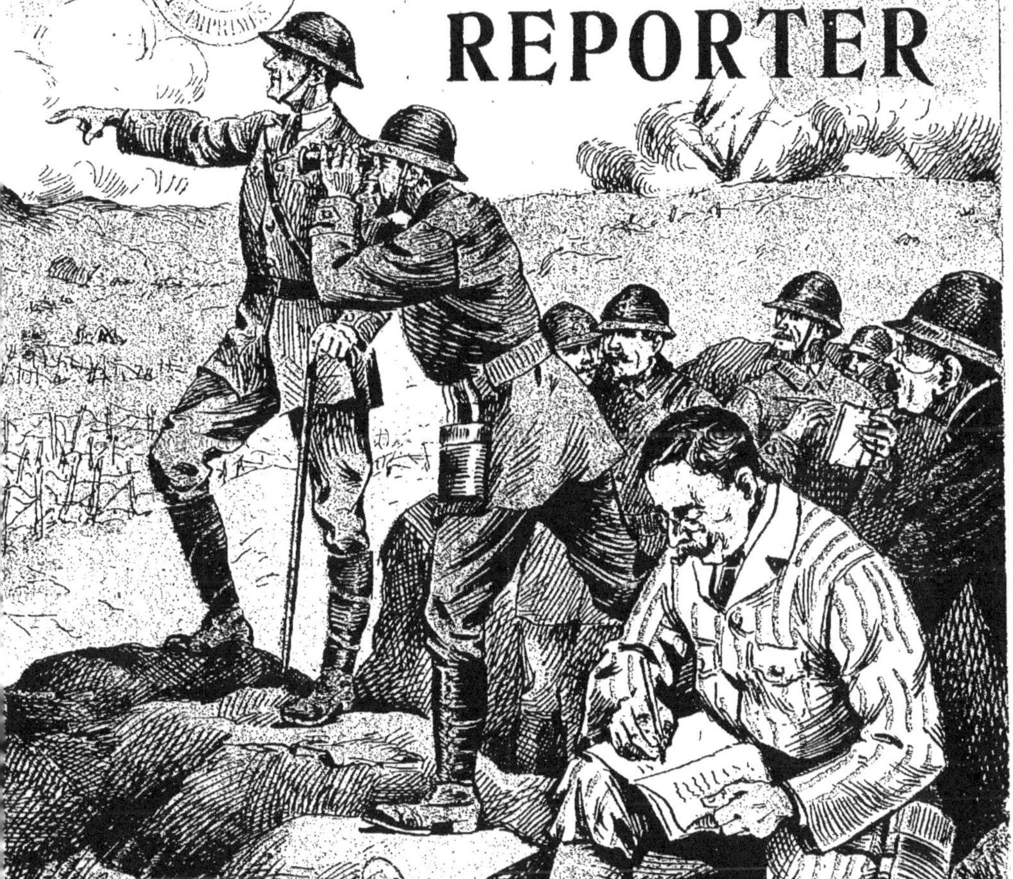

F. ROUFF, Éditeur, 148, rue de Vaugirard, PARIS

I

PRÉLIMINAIRES DE DÉPART

UN dimanche de juin 1917, je descendais du Métro, place
de la Bourse, vers deux heures de l'après-midi, lorsque
je me sentis frapper amicalement sur l'épaule :

— Eh! que devenez-vous, mon cher, on ne vous voit plus
depuis la guerre!...

Celui qui venait de m'aborder ainsi était le directeur d'un
grand journal parisien, avec lequel j'avais toujours eu d'excel-
lentes relations professionnelles.

Confrère charmant, aimant à rendre service aux journalistes
à quelque degré de la hiérarchie qu'ils appartinssent, du rédac-
teur haut coté au plus modeste reporter; je l'avais en effet perdu
de vue depuis le commencement des hostilités.

— Ce que je deviens depuis trois ans, lui répondis-je, pas
grand'chose!... Le roman marche mal, les éditions de luxe ne
vont plus! J'ai quelques articles par-ci par-là... Bref, je végète!...
Mais je ne me plains pas, ajoutai-je immédiatement car je venais

de voir un sourire peindre sur les lèvres de mon interlocuteur.

— Vous ne vous plaignez pas, en bon Français que vous êtes qui ne trouve pas extraordinaire de se priver en attendant la victoire. Mais, parce que vous avez passé l'âge de porter un flingot, vous pourriez peut-être vous rendre utile par la plume ou par la parole!...

— Je suis meilleur écrivain qu'orateur mais si vous avez des conférences à me proposer...

— Pas pour le moment. Avant tout, dites-moi, êtes-vous complètement libre de votre temps?...

— Entièrement!...

— Vous pouvez voyager?

— Oui!...

— Alors, nous allons peut-être pouvoir nous entendre. Mon correspondant de guerre est malade, en ce moment, cela tombe mal parce que j'avais justement deux ou trois missions intéressantes à lui confier et je ne peux le faire suppléer par n'importe qui. Voulez-vous vous charger de l'intérim?...

— Avec plaisir. Il ne faut pas être exigeant à l'heure actuelle, et puis le provisoire peut devenir définitif.

— Vous l'avez dit!...

— Quand voulez-vous que je me mette à votre disposition?...

— Dès demain. Passez à mon bureau, au journal, vers dix heures du matin. Je vous remettrai une lettre pour le chef de cabinet du ministre de la Guerre. Il vous facilitera les démarches, je le pense. En tout cas, je le préviens que je vous désigne comme correspondant de guerre pour suivre les opérations de l'armée britannique. Lorsque vous aurez vos papiers en règle, vous partirez pour Boulogne et de là au gré des événements.

Le lendemain, j'étais exact au rendez-vous.

Grâce aux relations du directeur du journal, les formalités, pour l'obtention des passe-port et sauf-conduit, ne demandèrent que quarante-huit heures et, le mercredi soir, à 20 h. 40, je prenais le train pour Boulogne.

Les wagons sont au grand complet.

Dans le compartiment où je me trouve, un vieux paysan, dont les oreilles, par le plus respectable des archaïsmes, sont ornées de petits anneaux d'or, discute avec ses voisins sur la valeur de la race allemande. Il parle naturellement du kaiser et de son fils.

— Une race fichue! s'écrie-t-il, c'est tous des alcooliques et des dégénérés!…

L'entretien continue, bondé de termes savants. J'en suis émerveillé. A la grammaire près, on se croirait dans une salle de rédaction.

Me voici à Boulogne.

Un de ces pisteurs, comme il en pullule dans toutes les villes de bains de mer, a jeté son dévolu sur moi et entreprend de me guider vers un hôtel.

Chemin faisant, il me raconte que M. Guindey, sous-préfet de Boulogne, a été tué au début de la guerre, en pleine bataille. Il était seulement de réserve!…

— Dans le Pas-de-Calais, tout le monde fait son devoir, continue-t-il, du haut jusqu'en bas. Ainsi notre député, M. Abrami, qui est parti simple sergent, est maintenant capitaine; M. René

Un vieux paysan, dont les oreilles sont ornées de petits anneaux d'or, discute avec ses voisins… (p. 2).

Mougnier vient d'être cité à l'ordre du jour!…

Je présume que tout Boulogne va y passer. Heureusement, une voiture régimentaire anglaise vient de faire halte précédée de highlanders qui écartent la foule. Je puis donc me débarrasser de mon guide importun.

Je me mêle aux curieux qui se massent en face d'un grand vapeur battant pavillon anglais, dont les cheminées lancent des torrents de fumée noire.

De la voiture régimentaire, on descend un cercueil de chêne à poignées d'argent aux riches écussons. J'apprends que c'est celui d'un général écossais tué, les uns disent à Lille, les autres à Ypres. Les highlanders ont placé en signe de deuil leurs fusils la crosse en l'air, le canon touchant le sol.

Le cercueil que recouvrent des bruyères et du houx, souvenirs de la patrie écossaise, est descendu lentement par six soldats qui accompagnent le corps, dans l'intérieur du paquebot où une chapelle ardente a été préparée.

Tout cela se fait sans pompe, dans le va-et-vient des dockers affairés, dans le fracas des grues à vapeur, qui, à deux pas de là débarquent des chevaux et des tonnes de marchandises.

J'emporte de ces modestes funérailles au milieu de la double activité du négoce et de la guerre une impression de simplicité grandiose.

Dès le lendemain, je me mets à la recherche de l'officier d'administration auquel m'a adressé son collègue de la place de Paris. Je ne tarde pas à le rencontrer et de suite, avec une obligeance dont je ne saurais trop le remercier, il me facilite la présentation aux officiers anglais.

Nos alliés sont les gens les plus aimables du monde malgré leur abord flegmatique. Un lieutenant se met à mon entière disposition pour me piloter et me conduire au quartier général, du côté de Lens où l'armée britannique continue son offensive avec l'armée.

— Peut-être, me dit-il, avant d'aller du front, vous serait-il agréable de vous rendre compte de ce que nous faisons à l'arrière. Cela vous intéresserait-il de visiter un de nos hôpitaux?

— J'accepte d'autant plus volontiers, lui répondis-je, que j'ai appris que vous aviez en ce moment pas mal de blessés allemands.

— C'est exact, nous avons toujours beaucoup de blessés allemands venant des Flandres. Nous leur donnons les premiers soins ici, avant de les embarquer à destination de Folkestone. Demain si vous voulez, nous en accompagnerons un jusque-là, le temps de traverser le détroit et de revenir.

Cette proposition ne peut que m'enchanter et je l'accepte immédiatement.

II

STATIONNARY HOSPITAL

Le port est encombré de bateaux de tous les gabarits et de tous les tonnages. Il y a de grands charbonniers, des yachts de plaisance, des barques de pêche et jusqu'à de minuscules esquifs.

Nous allons, mon guide et moi, par cette claire matinée de juin, le long des quais du vieux port où sont amarrés les charbonniers.

Par une antique tradition, la pomme du grand mât est dorée et figure une croix, une madone ou une étoile.

Plus loin, les bâtiments de l'escadre légère que l'on a récemment pourvus de canons-revolvers, installés à l'avant et qui font avec un succès grandissant la chasse aux sous-marins teutons.

A cause de leur faible tirant d'eau ces petits navires ne peuvent être torpillés. L'engin qui, par définition, ne peut évoluer à la surface, passe au-dessous de leur quille, à la grande fureur des pirates.

— Nous allons prendre, si vous voulez bien, le petit vapeur *The-Queen*, qui fait le service entre Folkestone et Boulogne et vice-versa. Ce matin, va partir, en même temps, un paquebot spécialement aménagé pour le transport des blessés, le *Saint-Andrew*... Nos blessés sont installés provisoirement ici et dès qu'ils sont transportables sont transférés à Folkestone. Il ne reste plus guère de troupes anglaises à Boulogne mais des ambulances. Il y en a sept ou huit dans les beaux hôtels de la ville.

En effet, mon guide me montre un des plus luxueux palaces de la plage sur lequel flotte le drapeau blanc avec la croix rouge de Genève.

— Vous voyez, me fait-il remarquer avec un geste quelque

peu vaniteux, il n'y a rien de trop bien ni de trop beau pour nos soldats.

En face de la plage, le *Saint-Andrew* est sous pression.

— Ce sont des hôpitaux flottants analogues à celui-ci, observe mon guide, que les Allemands, en dépit de la croix rouge et du pavillon blanc, ont essayé maintes fois de torpiller sur nos côtes. Rien ne les arrête! Ces forbans ne calculent même pas que parmi les blessés il y a des leurs! Ils détruisent pour le plaisir de détruire. Ils tuent pour le plaisir de tuer!...

Nous voici à bord du *The-Queen*.

Le temps est magnifique.

A travers la brume dont le soleil déchire lentement les voiles, les silhouettes majestueuses des navires de guerre s'accusent plus nettement.

Il y a là une vraie flotte où l'on retrouverait tous les spécimens de la construction navale, depuis le superdreadnought à la masse imposante près de laquelle notre vapeur a l'air d'une coquille de noix jusqu'aux destroyers et aux torpilleurs d'escadre.

Le détroit du pas de Calais est littéralement barré.

— Croyez-vous que les sous-marins boches osent s'aventurer par ici? demandai-je à mon aimable compagnon de voyage qui, le sourire aux lèvres, les deux mains dans les poches, contemple d'un air satisfait les bateaux qui se balancent dans le British channel.

— S'aventurer par ici! allons donc! Je sais bien qu'ils prétendent que rien ne peut les arrêter mais je suis persuadé que ce sont des vantards! Au début, les officiers prisonniers cherchaient à nous intimider, en nous parlant des terrifiantes inventions que préparaient les ingénieurs allemands pour exterminer les alliés. C'était bien lorsque nous n'avions pas encore assez de canons et de munitions pour répliquer, mais maintenant que voulez-vous qu'ils fassent sur terre?... Les gaz asphyxiants et les jets de liquides enflammés n'empêchent pas les tanks de marcher. Et ce ne sont pas les raids de zeppelins qui nous enlèvent notre courage? ...au contraire ils le stimulent.

— Il est évident, repris-je, qu'une barque de pêche allemande ne passerait pas sans être capturée!...

— A moins qu'elle ne sautât avant d'être prisonnière, sourit mon interlocuteur. Il y a deux jours cela est arrivé à une barque de Gravelines qui s'était imprudemment engagée dans la zone dangereuse!

— Est-ce que la population de Folkestone a diminué ou augmenté depuis la guerre?

— Presque doublé.

— Comment cela?

— C'est que Folkestone est devenu une ville belge aux trois quarts!

— Nous avons bien le Havre ou plutôt Sainte-Adresse, capitale provisoire de la Belgique.

— De même Folkestone a recueilli toute une population émigrée d'Anvers et d'Ostende. Au début cela n'a pas été sans à-coups. Dans une seule journée, il est arrivé trente mille Anversois à loger, nourrir, habiller... Et pendant huit jours, il en arriva autant tous les jours!...

« Les habitants de Folkestone ont fait preuve envers les malheureux Belges de la plus haute générosité, du dévouement le plus attentif. Ils ont emmené les réfugiés chez eux et les ont réconfortés moralement et physiquement, aidant les femmes à marcher, prenant les petits enfants dans leurs bras!...

« Très rapidement, ils organisèrent des distributions de lait, de pain, de bière, de viande, dans certaines tavernes, à l'entrée d'églises catholiques ou de temples protestants.

« Dans les restaurants et dans les tavernes, dans les hôtels et les family-houses, on a accueilli les Belges qui fuyaient devant les barbares, et aujourd'hui vous ne pourriez vous douter des misères des premiers jours.

« De riches Belges ont loué des maisons entières pour loger leurs compatriotes, et depuis deux ans un journal franco-belge, édité en français, est vendu presque exclusivement par des femmes et des jeunes filles au profit de la colonie.

« L'Angleterre ne laissera aucun Belge sans soutien, soyez-en persuadé!... Le collège d'Eton a décidé de recevoir les collégiens belges en prenant à ses frais le logement, la nourriture et les fournitures scolaires.. »

Au moment où nous débarquons se produit un navrant épisode que je ne puis me rappeler sans émotion.

Une jeune femme, dont l'élégante toilette est souillée de boue et de goudron, dont les cheveux tombent en désordre sur les épaules, s'approche de nous en disant :

— Avez-vous vu Louise?... Où est Louise?...

— C'est une malheureuse folle, m'explique mon guide. Elle est pensionnaire d'une family-house, ici près. Comme elle est parfaitement inoffensive, on la laisse aller et venir. Son histoire est navrante.

— Vous ne pourriez pas me la raconter?

— En deux mots. Voici!... C'est une réfugiée belge. Elle est venue dès le mois d'octobre 1914. Son mari était un des grands commerçants d'Anvers. Il a été tué et le magasin a brûlé de fond en comble. Argent et marchandises, tout fut perdu en quelques heures. Il restait à cette pauvre femme un lien qui la rattachait à la vie : sa fille!...

« Voilà donc la mère partie de chez elle, conduisant par la main son enfant âgée de sept ans environ. Elles obtiennent de prendre place sur un vapeur où s'entassent plus de deux mille fuyards. Il faut avoir vu, comme je les ai vus, à ce moment, tous ces malheureux aux traits hâves, le masque figé dans une immuable expression de désespoir, les bras tendus vers la terre anglaise, en un geste de supplication, pour se rendre compte de tout ce qu'avait de pitoyable et de déchirant le spectacle que présentaient les exilés de la patrie belge.

« Or, la mère et la fille sont sur le vapeur et le vapeur va à Douvres. Mais Douvres est un port militaire et l'accès en est interdit aux navires de commerce.

« On refuse l'entrée du port. Les réfugiés sont obligés de passer la nuit en mer, par un froid glacial et sans manger.

« La mère succombe à la fatigue et s'endort. Quand elle se réveille elle n'a plus sa petite Louise auprès d'elle.

« Depuis lors la pauvre femme la cherche. Cette disparition de l'enfant a troublé sa raison et chaque jour, lorsqu'un bateau entre dans le port, elle vient au devant des voyageurs et leur demande s'ils n'ont pas vu sa Louise.

— C'est une navrante histoire, en effet, dis-je, et qui malheureusement ne doit pas être unique.

— Hélas!... Sur d'autres navires plusieurs enfants ont été noyés, des vieillards se sont jetés à l'eau, que sais-je? Tristes souvenirs, sombres visions, ne parlons plus de cela!... »

Nous sommes arrivés. A peine débarqués, nous nous rendons au « Stationnary-Hospital » (hôpital d'évacuation).

Celui-ci comprend plusieurs salles très aérées, très propres et meublées de lits de fer tous uniformément peints en laqué blanc ainsi que les tables de nuit et les chaises, qui sont également en fer.

Nous traversons un confortable fumoir avec bibliothèque où des blessés, peu grièvement atteints sont installés dans des rocking-chairs et savourent leurs pipes en lisant le journal.

Les offices sont abondamment pourvus de jambons, de conserves, d'eaux minérales et même de champagne et de vieux bordeaux. On ouvre devant mes yeux une caisse de mandarines et une autre qui contient de beaux raisins noirs de conserve.

Après l'office nous passons aux cuisines.

Je suis émerveillé. De vastes grill-rooms avec leurs ustensiles de nickel servent à préparer des roastbeefs et les quartiers de viande saignante. Tout cela est d'une propreté minutieuse, et les marmites où bout le bouillon de bœuf destiné aux convalescents brillent de tout l'éclat de leurs cuivres.

Depuis un instant, une question me brûle les lèvres et je saisis l'occasion qui se présente de la poser à mon obligeant cicerone :

— Vous traitez les blessés boches aussi bien que vos braves tommies ?...

— Exactement de la même façon, me répond-il gravement, d'ailleurs nous allons les voir et vous pourrez en juger par vous-même.

La salle où nous venons d'entrer est tout aussi luxueuse, tout aussi fleurie que les précédentes ; il y a là une dizaine de blessés anglais et une vingtaine d'Allemands. Ces derniers sont d'âges disparates, depuis l'adolescent malingre auquel on donnerait seize ans à peine jusqu'au cinquantenaire chauve et ventripotent, au nez chaussé de bésicles, sans omettre quelques robustes gaillards, débardeurs, mineurs ou brasseurs avant la guerre. Tous ont l'air paisible, souriant même et sont heureux de notre visite.

L'officier anglais leur distribue de la menue monnaie et des cigarettes. Alors, sur la figure de ces hommes où se lit la joie se lit en même temps un air d'humilité et de compassion dont je suis surpris.

Quelques-uns avec un naïf égoïsme se félicitent d'être prisonniers, ils sont ravis du confort qui les environne, et se laissent dorloter par les nurses auxquelles ils obéissent avec une docilité exemplaire.

— Mais l'Allemagne?... l'empereur?... demandai-je à l'un d'eux.

— Oh! ils sauront bien se débrouiller sans moi!... J'aime mieux être ici qu'à me battre, maintenant-surtout! Si vous croyez que c'est intéressant de passer les journées et les nuits les jambes dans l'eau et le ventre vide.

— Que ferez-vous après la guerre? demandai-je à un autre, un mineur de Hartz.

— Je retournerai chez moi, à moins qu'il n'y ait du travail en Angleterre.

— Comment, vous croyez que vous trouverez à vous occuper en Angleterre.

— Oh oui, monsieur!... Et si les Anglais gagnent la partie ils payeront bien!...

Cette réflexion suffit à dépeindre la mentalité des sujets de Guillaume.

La plupart, cependant, sont tellement hypnotisés par le nom de leur kaiser, ils ont tellement une absolue confiance en lui, que malgré toutes les preuves qu'on leur met sous les yeux de l'épuisement de l'Allemagne, ils ne peuvent s'empêcher de déclarer :

— Si notre kaiser a commencé la guerre, c'est qu'il était sûr de la victoire!...

Un vieil homme à cheveux gris, au teint plombé, attire mon attention par sa mine piteuse. La nurse m'apprend qu'il ne fait que pleurer.

— J'ai deux fils tués, me dit-il d'une voix sourde. Ma femme et les deux autres meurent de faim à Hambourg. Pourquoi cette horrible guerre?...

— Votre kaiser doit le savoir puisqu'il l'a déchaînée, lui répondis-je.

— Non! répliqua-t-il immédiatement, non! ce n'est pas la faute de notre kaiser...

Et il se confine dans un mutisme absolu.

Je suis décidément mal tombé. Ces pauvres diables répètent, à quelques variantes près, les mêmes sottises comme une leçon apprise par cœur. J'espère être plus heureux en passant dans la salle des officiers

Là tout d'abord, je me heurte à un parti pris de silence. Les premiers auxquels je m'adresse ne me répondent que par des monosyllabes dédaigneux. Ils me dévisagent d'un air hautain ou même me tournent le dos sans cérémonie. Je finis par en trouver un qu'à sa mine éveillée, presque souriante, je juge plus accessible, moins boche que les autres.

Je m'approche de son lit; tout de suite à la politesse avec laquelle il répond, en bon français, aux questions que je lui

Deux soldats montant leur temp compagnie (p. 15).

adresse sur ses blessures, je reconnais que j'ai affaire à un homme intelligent et bien élevé.

C'est un Berlinois. Avant d'être lieutenant de la landwehr il voyageait pour la librairie. Je cite au hasard le nom d'un éditeur allemand, autrefois installé à Paris et qu'il a connu à Leipzig; on bavarde et peu à peu, mon Allemand sort de sa réserve.

— Évidemment, déclare-t-il, nous ne serons pas victorieux. Nous ayons trop d'ennemis sur les bras!

— S'en rend-on compte en Allemagne?

— Tous les dirigeants savent que la lutte ne se terminera pas à notre faveur et ils prennent déjà leurs dispositions en consé-quence!... Mais notre pays ne sortira pas de la guerre si amoindri que le croient ses ennemis!... Au bout d'un temps très court, il se relèvera tout aussi fort qu'auparavant sinon plus.

— Je ne vois pas trop comment?...

— Admettez, reprend mon interlocuteur, que l'empire soit dépouillé de la Pologne, de l'Alsace et même du Sleswig, croyez-vous que nous n'aurons pas une superbe compensation?

— Comment cela?

— En nous annexant l'Autriche allemande. Le chiffre de notre population et notre territoire n'auront pas diminué, au contraire, et nous aurons une Allemagne homogène. Cette guerre aura peut-être été un bien pour nous.

— Croyez-vous qu'on vous laissera faire? dis-je un peu effaré; puis, est-ce loyal de spolier ainsi des alliés?...

— On ne peut guère nous en empêcher, fit-il avec un sourire ironique. Les Français et les Anglais n'ont-ils pas déclaré que la nouvelle carte d'Europe serait remaniée selon la loi des nationalités. Il est légitime que les hommes de sang et de langue germaniques se groupent en un seul peuple. L'Autriche est finie, c'est un cadavre qui tombe en lambeaux!... Autant que ce soit nous, ses amis (*sic*), qui profitions de ses dépouilles.

— C'est très flatteur pour les Autrichiens ce que vous dites là!...

— Les Autrichiens n'auront que ce qu'ils méritent. Ce sont eux qui sont la cause de notre défaite, ajoute-t-il avec colère. Ils ont engagé la partie et n'ont pas su nous aider à la gagner. S'ils avaient voulu faire quelques concessions, les Italiens ne se seraient pas tournés contre nous!... Ils auraient pu faire une diversion utile du côté des Alpes et de la Tunisie... Puis, ils ont une flotte!... Cela aurait peut-être changé la face des choses!... Mais voilà, l'Autriche n'a rien vu ou n'a rien voulu voir!...

— Et l'indemnité de guerre?... dis-je après un silence.

— Nous ne la payerons pas!... Nous ne payerons rien!... Sachez bien, monsieur le Frantzoze, que si l'Allemagne s'avoue vaincue c'est qu'il ne nous restera ni un homme valide, ni un pfennig, ni une bouchée de pain!...

— Croyez-vous que l'Allemagne fasse la guerre à la Hollande?

— Il y a longtemps que nous aurions dû mettre la main sur ce pays, ce serait un gage de plus entre nos mains lorsque l'on discutera les conditions de paix!... Et que les neutres prenneuf garde, tous, l'Allemagne saura se venger d'eux tôt ou tard.

Mon interlocuteur est devenu tout à coup silencieux. Peut-être craint-il d'avoir trop parlé. Il me prie de ne pas citer son nom si je viens à publier cette conversation et je le lui promets. Alors, tout à fait rassuré, redevenu aimable, il cause de choses et d'autres et me demande de lui faire cadeau des journaux anglais que je tiens à la main, ce à quoi je consens très volontiers.

Au moment de prendre congé, je ne puis m'empêcher de demander à mon Allemand s'il approuve les atrocités commises par ses compatriotes.

Il rougit fortement et finit par murmurer :

— C'est abominable ! Je réprouve ces horreurs de toute mon âme ; c'est une honte pour notre culture.

Mais aussitôt, il reprend d'une voix autre :

— C'est vraiment maladroit de la part de notre gouvernement d'avoir permis ou ordonné de tels crimes !... C'est la faute des junkers imbus des idées de Bismarck sur la nécessité de terrifier l'ennemi. Si c'était à refaire, nous serions plus habiles, croyez-le bien !...

Cette fois, j'en ai assez !... Je salue et sors, mais en m'en allant j'emporte la conviction que les théories lourdement machiavéliques qu'on vient de m'exposer sont partagées par la majorité, si ce n'est la totalité des Allemands instruits.

Après une journée passée à Folkestone, je rentre à Boulogne où les papiers qui m'accréditent près des autorités britanniques sont prêts.

Je pars dès le lendemain pour Arras, dans une auto militaire conduite par un brigadier d'artillerie.

D'Arras, je me rendai au quartier général anglais, du côté de Lens.

III

UNE VISITE À ARRAS.

Au petit village de B..., mon chauffeur doit s'arrêter pour une menue réparation. L'auberge où nous faisons halte est à deux pas d'un passage à niveau, en ce moment fermé et gardé par une dizaine d'hommes.

Une luxueuse auto de la Croix-Rouge anglaise attend devant la barrière.

Les deux dames qui se prélassent à l'intérieur s'impatientent et réclament avec arrogance.

Le chauffeur tend ses papiers. Le caporal qui les parcourt hoche la tête. Il a des doutes.

Un lieutenant survient. Il jette un coup d'œil sur l'auto et sur les papiers et donne un ordre bref.

Les dames, si insolentes il n'y a qu'un instant, sont tout à coup devenues muettes. Deux soldats montent leur tenir compagnie. Deux autres s'asseoient de chaque côté du chauffeur et, sur un geste de l'officier, l'auto rebrousse chemin.

Deux espionnes, sans doute, munies de papiers fabriqués ou volés.

Je regarde d'un œil intrigué la voiture qui disparaît dans un nuage de poussière sur la route. Je n'ai pas le temps de m'attarder dans cette contemplation car le brave R. A. T. chargé de la garde de la barrière s'adresse à mon chauffeur :

— Et toi, le cabot?... t'es en règle, au moins, lui demande-t-il.

— Ben sûr!... pépère; nous, on n'est pas des mouches!...

— Dame! on ne sait jamais!...

Nos papiers sont parfaitement en règle. Le territorial se

départit aussitôt de son air rébarbatif et engage la conversation avec le brigadier d'artillerie qui conduit ma voiture.

— Mon vieux, lui dit-il, on est obligé d'ouvrir l'œil plus que jamais!... Les espions pullulent!...

— Pas possible! Ils doivent bien savoir qu'ils sont éventés!

— Ils ne se lassent pas!... C'est maintenant qu'ils cherchent à jeter la frousse... Un système à eux, quoi?... Comme si on était capable de tomber dans le panneau!... Tous les trucs, j'te dis! Tiens, hier, c'est pas vieux, ça, mon colon, ici même, on a pigé deux infirmières de la Croix-Rouge, deux Anglaises.

— Non?...

— Qu'étaient pas plus infirmières ni Anglaises que toi et moi : c'étaient deux officiers prussiens déguisés!... Aussi, mon vieux, quand j'ai vu les deux particulières, tout à l'heure, tu parles si j'ai reniflé!

— T'as eu le flair!...

— Encore, on peut se méfier d'un déguisement, mais où il faut ouvrir l'œil c'est avec les soi-disant réfugiés. Ceux-là se mêlent aux évacués, ils crient très haut que les Prussiens leur ont tout pris, tout brûlé, et que leurs parents ont été assassinés! Ils trouvent ainsi moyen de traverser les contrées occupées par nos troupes... Et ils ne se gênent pas pour reluquer tout ce qui ne les regarde pas... A la nuit close, ils s'échappent, gagnent les lignes allemandes et vont toucher leur salaire, quitte à se mêler, le jour suivant, à une autre troupe d'évacués!... Mais je te laisse, vieux, v'là une auto qui s'amène, faut ouvrir l'œil!...

J'avais écouté avec un certain intérêt ces paroles un peu confuses du brave R. A. T., car elles m'apportaient l'explication du style comminatoire des affiches que j'avais vues placardées à l'entrée des bourgs et des villages par les soins de l'état-major.

Cette peur, ou plutôt cette surveillance, des espions devait, en dépit des recommandations dont j'étais muni, être cause d'un retard dans la traversée du bourg de Saint-Pol-sur-Ternoise. Il ne me fallut pas moins d'une bonne demi-heure pour convaincre le G. V. C. qui nous arrêta que j'étais un inoffensif journaliste qui partait en mission sur le front.

L'appareil photographique que je portais ostensiblement en bandoulière lui paraissait une preuve certaine d'espionnage et il se disposait à me conduire vers ses chefs lorsque heureusement un capitaine d'état-major vint à passer en auto et me tira d'embarras.

A la sortie du bourg, nous sommes à 20 kilomètres d'Arras. On pénètre dans un royaume fantastique et terrible où la majesté de la guerre se révèle dans son effrayante et grandiose simplicité.

Nous dépassons un convoi de plus de cent automobiles emmenant des troupes vers la ligne de feu. Des autobus chargés de viande saignante leur succèdent. Puis c'est un convoi d'artillerie qui semble n'en plus finir.

En sens inverse, les voitures de la Croix-Rouge ramènent quelques centaines de blessés : Anglais, Hindous, Australiens, toutes les races du monde coalisées une fois pour toutes contre la fureur des barbares.

Personne n'est triste; les visages sourient, il y a dans l'atmosphère une espèce de fièvre joyeuse.

On n'aperçoit plus aucun paysan. Mais, à mesure qu'on approche d'Arras, les tranchées se multiplient.

Là, des artilleurs se reposent, vautrés dans l'herbe, la pipe aux dents, pendant que le cuisinier fait la soupe.

Un peu plus loin, des Irlandais dépècent une vache qui a été tuée par un obus allemand et que leur colonel a royalement payée à son propriétaire. Les hommes sifflotent et, malgré le canon qui gronde, il y a dans l'air une sorte de gaieté terrible qui réconforte.

Les deux tours démantelées par les obus allemands de l'abbaye fondée par saint Eloi nous apparaissent. Nous approchons d'Arras.

Le bruit de la canonnade est devenu assourdissant.

Deux ou trois biplans survolent la ville et, dans une grande prairie verdoyante en contre-bas, j'aperçois cinq aéroplanes posés là comme de grandes libellules blanches qui vont bientôt prendre leur essor.

Mon auto m'a déposé à l'entrée de la ville.

Je passe sous un petit arc de triomphe de style renaissance jusqu'alors épargné par la mitraille et me voilà vaguant au hasard par les rues. Les façades des maisons, aux vitres crevées, ont quelque chose de lamentable. Beaucoup de toitures sont défoncées. Des maisons écroulées barrent la chaussée.

Dans la cour du palais préfectoral, un trou de deux mètres

Tout le côté gauche de la place, avec ses curieuses maisons flamandes
aux pignons en escalier, est complètement détruit. (p. 20).

De profondeur a été creusé par l'explosion d'une marmite. Les
vitres de beaucoup de fenêtres sont brisées, des colonnes ont été
démolies.

Le bâtiment a l'aspect des édifices en ruines.

Le préfet du Pas-de-Calais, M. Briens, est absent au moment où j'arrive et c'est son chef de cabinet, M. Outier, qui me reçoit de la plus courtoise et de la plus aimable façon.

— M. le préfet, me dit-il, est allé faire sa tournée quotidienne de distribution de vivres.

— Aurai-je l'honneur de le voir cet après-midi?...

— Certainement; il va rentrer pour déjeuner.

Ce mot fait tressaillir mon estomac qui me rappelle que je ne lui ai rien donné depuis la veille.

— A propos de déjeuner, lui dis-je, pourriez-vous m'indiquer un restaurant?...

Le chef de cabinet éclata de rire :

— Un restaurant, mon cher monsieur, mais il y a beau temps que l'on ne sait plus ce que c'est à Arras. Vous n'avez qu'une ressource, c'est de goûter la cuisine préfectorale. Je vais faire mettre votre couvert. Nous avons encore heureusement, en dépit du malheur des temps, d'excellent vin en cave!...

Le préfet, M. Briens, rentre sur ces entrefaites. Je m'excuse de mon indiscret sans-gêne :

— Ne vous excusez pas, je vous en prie, me dit-il, vous me faites un trop sensible plaisir. Je suis toujours heureux de recevoir la visite de gens de l'arrière, d'avoir des nouvelles fraîches de Paris. Comment va-t-on, là-bas?... J'ai entendu dire que certains esprits chagrins trouvaient le temps long. S'ils étaient à Arras, je vous assure qu'ils ne penseraient pas ainsi. Voilà deux ans et demi que nous n'avons pas eu une minute de repos ou de tranquillité, croyez-vous que cela nous empêche de croire à la victoire?... Il faut tenir, tout est là; eh bien, nous tenons!... Ce n'est pas plus difficile que cela!... Il s'agit de vouloir, voilà tout!...

Un si aimable accueil m'a tout à fait réconforté. Je ne fais même plus attention au bruit du canon. Jamais je n'ai déjeuné d'un si bon appétit.

On ne s'éternise pas à table car, l'après-midi, le préfet a de nombreuses audiences. Pendant que, dans son cabinet, je feuillette, dans un coin, quelques journaux, M. Briens et deux de ses plus dévoués collaborateurs expédient tranquillement les affaires courantes, tout comme si la canonnade ne grondait pas sans interruption.

Ce sont des évacués, des malades, des solliciteurs de toute sorte, des fonctionnaires qui viennent demander des instructions ou un conseil. M. Briens veille à tout, répond à tout et, à moins d'impossibilité, renvoie tout le monde content.

Entre temps, il a trouvé moyen de mettre à jour un volumineux courrier et de terminer un rapport.

Je me hasarde à lui demander si la canonnade ne lui donne pas parfois des distractions :

— Ma foi, non! répond-il avec un bon sourire, je suis trop occupé pour faire attention au bruit des obus. Au début, je ne dis pas; dès que j'entendais l'éclatement d'un projectile, je sautais!... Mais, depuis, j'ai l'habitude!...

— J'ai une proposition à vous faire, me dit à brûle-pourpoint M. Outier, l'aimable chef de cabinet de la préfecture du Pas-de-Calais; si vous n'êtes pas trop peureux, nous allons monter dans les combles. De là, on embrasse tout le panorama de la ville. Vous pourrez distinctement voir tomber les obus.

Nous voici maintenant juchés sur des chaises boiteuses et la tête passée par les lucarnes. Nous dominons toute la perspective : Arras avec ses clochers démantelés, ses toits crevés, ses rues barrées de mines, et, plus loin, la campagne avec de rares arbres jaunis, ses villages où subsistent encore quelques toits de chaume et de tuile rouge.

Les grosses pièces allemandes auxquelles répondent nos admirables 75 font un tapage assourdissant, mais, à ma grande déception, je ne vois rien.

Le pays semble désert. Seuls, montant la garde, deux avions français mettent une tache blanche sur l'azur pâle du ciel d'automne. L'invisible danger planant sur cette ville désolée, sur cet horizon solitaire, a quelque chose de profondément impressionnant.

— Vous avez déjà vu, m'explique M. Outier, la fumerolle, le flocon de fumée blanche qui s'élève au-dessus de l'endroit où tombe l'obus; mais regardez bien, tenez, là, vous apercevrez la petite flamme rouge qui précède l'explosion, quand le coup part.

Effectivement, nous sommes aux premières loges. Les Allemands ne sont qu'à deux ou trois kilomètres d'Arras.

Tandis que nous sommes à notre observatoire et que je prends quelques vues intéressantes pour mon journal, une fumée noire s'élève tout à coup d'un point du faubourg bombardé.

— Les bandits! murmure le chef de cabinet!... Ils continuent à tirer sur l'hôpital.

Nous allons informer le préfet de nos observations.

— N'est-ce pas abominable, continue M. Outier pendant que nous descendons l'escalier. Depuis novembre 1914, il n'y a pas eu de jour où l'hôpital Saint-Jean n'ait reçu quelque éclat d'obus. Il était encombré de blessés, au premier bombardement d'Arras; il y a eu sept morts : deux sœurs de charité, un enfant et quatre malades. Nous avons fait petit à petit évacuer personnel et pensionnaires, comme bien vous pensez. Mais ça n'a pas été sans difficultés. Nous avons dû d'abord placer nos malades dans des caves où ils étaient fort mal. Puis nous avons pu les envoyer à l'arrière. Il n'en reste plus que quelques-uns aujourd'hui que l'on a mis sur les paliers des escaliers où ils risquent moins d'être atteints. Si vous voulez, nous allons nous y rendre.

— Très volontiers!

M. Briens s'excuse de ne pouvoir sortir avec nous car sa série d'audiences n'est pas encore terminée.

Nous voici dans les rues d'Arras.

Le merveilleux hôtel de ville, ce joyau de l'architecture hispano-flamande du xvi⁰ siècle, n'est plus qu'une ruine; c'est un informe monceau de plâtras, de briques, de ferrailles, d'où émergent çà et là une statue décapitée, une main de pierre qui semble suppliante!...

Avec un acharnement de brute, les Allemands se sont obstinés et s'obstinent encore à bombarder les ruines des ruines. Des blocs sculptés ont été réduits en tout petits morceaux, littéralement pulvérisés.

L'orgueilleux lion des Flandres est en miettes; j'en aperçois encore une griffe allongée sur la rose symbolique.

Par un hasard miraculeux, la grosse cloche fondue en 1494, et qui pèse 9.000 kilos, est presque intacte, les bords à peine fondus par la chaleur de l'incendie.

Tout le côté gauche de la place, avec ses curieuses maisons flamandes aux pignons en escalier, est complètement détruit et présente le plus navrant spectacle.

— Nous avons engagé, m'apprend le chef de cabinet, nos concitoyens à quitter la ville et à aller se mettre à l'abri des obus dans une ville de l'arrière. Ce n'est que depuis quelque

temps que nous avons obtenu d'un certain nombre qu'ils sui-
vissent nos conseils. Savez-vous pourquoi ils ont tant tardé?...

— Peut-être, répliquai-je, pensaient-ils que les ennemis se
lasseraient de bombarder des ruines?...

— Pas du tout, cher monsieur; nul ici ne compte sur la générosité des Allemands. Mais, malgré la pluie d'obus, les vieux
Arrageois n'ont pas bougé tant que le beffroi à l'ombre duquel
toute leur existence s'est écoulée est resté debout, dominant la
ville. Du jour où il s'est écroulé, il leur a semblé que quelque
chose d'eux-mêmes avait disparu et ils ont moins hésité à partir.

Nous continuons notre chemin en nous frayant un passage
à travers les décombres. Partout le même désolant tableau :
pans de murs éboulés, poutres noircies, solitude et dévastation.
Le théâtre, le musée, la rue des Trois-Mages, la rue Gambetta,
la rue Saint-Gery, le quartier Deaudimail ne sont plus que
ruines. On marche dans les cendres mêlées de plâtras et de suie.

La cathédrale est encore debout mais le svelte minaret qui
reproduisait le reliquaire de la Sainte-Chandelle a été décapité
par un obus.

Nous entrons à l'hôpital Saint-Jean.

Le bâtiment, aux salles spacieuses, aux cours plantées d'arbres, porte partout les traces d'un terrible bombardement. Là,
un trou béant s'ouvre dans la toiture, ailleurs, un pan de mur
s'est écroulé et la terre est labourée en certains endroits par
des projectiles.

L'interne qui nous reçoit est là depuis le commencement des
hostilités; il n'a pas un instant quitté son poste et, dans le der-
nier bombardement, il a été blessé au bras.

— Il n'y a aujourd'hui, nous dit-il, aucun accident de personne; d'ailleurs, il ne reste plus grand monde ici, nous n'avons
gardé que les malades intransportables.

Mais l'heure passe.

Je dois me trouver au quartier général britannique avant le
soir. Je prends congé de l'aimable M. Outier et je vais rejoindre
mon auto.

Mon chauffeur m'attend au coin de la rue de l'Hôtel-de-
Ville, près d'une boutique, une des rares, d'ailleurs, qui soient
encore ouvertes, où un petit vieux vend des couronnes funéraires
pour les victimes du bombardement et des cartes postales illus-
trées montrant les ravages de l'artillerie allemande.

J'achète quelques-unes de ces cartes à titre de souvenir et en route!...

Une demi-heure après, je suis reçu par le général X..., commandant une division anglaise.

C'est dans le sous-sol, à six pieds sous terre, où sont installés confortablement les bureaux de l'état-major, que je prends le thé traditionnel avec les chefs de l'armée alliée.

Puis, après deux heures d'une conversation pleine d'intérêt, je pars, accompagné d'un interprète et d'un capitaine, pour dîner au mess des officiers. Nous devons nous rendre aux tranchées le lendemain matin.

IV

UNE VISITE AUX TRANCHÉES

Nous passâmes la nuit dans une ferme où s'était établie une partie de l'état-major anglais et dont, par une prudence toute britannique, on ne nous fit connaître ni le nom ni l'emplacement exact.

Sans être d'un confortable excessif, les chambres où l'on nous avait installés étaient munies de tous les objets indispensables et les lits étaient excellents.

J'aurais assez bien dormi si, par moments, notre sommeil n'avait été troublé par le fracas des détonations.

J'étais suffisamment familiarisé avec ce bruit pour me rendre compte que les obus de 77 et même les grosses marmites devaient pleuvoir dru comme grêle à moins de trois kilomètres de notre hôtellerie improvisée.

A la fin, je n'y tins plus. Comme le jour commençait à blanchir le ciel du côté de l'est, je sautai à bas de mon lit et, après une toilette méticuleuse, je descendis dans la cour; déjà une équipe de mécaniciens inspectait les autos où nous devions prendre place quelques heures plus tard pour nous rendre aux tranchées.

Après un petit déjeuner très gai, dont un immense bol de café noir, du beurre et des œufs très frais formèrent les éléments essentiels, nous partîmes.

En compagnie d'un officier interprète, dont je n'ai pas oublié la courtoisie attentive et prévenante, nous étions installés, deux autres confrères et moi, dans une de ces 90 chevaux silencieuses et rapides, spécialement construites à Birmingham pour le service du front.

Nous suivîmes d'abord un chemin creux si profondément encaissé qu'il constituait à lui seul une tranchée naturelle; là, certainement, personne ne pouvait nous apercevoir.

On eût dit qu'une accalmie s'était faite dans la bataille. Les 77 et les 420 allemands, auxquels répondaient le 150 long, « le long Tom », et les canons de marine anglais, ne tonnaient plus que par intervalles. Sous le ciel pluvieux, nous apercevions maintenant, à

— Par cette ouverture regardez vite!... (p. 25).

l'abri d'une colline, un véritable camp avec des centaines de fourgons et de camions automobiles méthodiquement alignés, un long baraquement de bois qui devait être une ambulance volante, un bâtiment plus petit entouré de retranchements de terre et de fascines, gardé par des sentinelles, et qui était certainement un dépôt de munitions.

Un minuscule chemin de fer partait de là, sur lequel des soldats poussaient des wagonnets lourdement chargés.

— Cette petite voie, expliqua l'officier interprète, approvisionne d'obus deux ou trois de nos batteries de canons lourds que vous ne pouvez voir d'ici, bien qu'elles ne soient pas très loin, tant elles sont bien dissimulées : l'une dans un village en ruines, l'autre dans d'anciennes carrières.

Dans un autre coin du camp, un régiment de highlanders procédait à la toilette matinale et se lavait à grande eau, dans une auge de bois située au-dessous d'une pompe que les hommes, en se relayant, faisaient fonctionner à tour de bras.

D'autres se rasaient gravement en se regardant dans de petits miroirs accrochés à un tronc d'arbre ou à un mur en ruines. Ailleurs encore, des cuisiniers circulaient portant des bidons remplis de thé bouillant qui ressemblaient à de gigantesques arrosoirs. Tous ces hommes avaient l'air aussi calmes, aussi tranquilles que s'ils ne se fussent pas trouvés à 800 mètres à peine des tranchées ennemies.

Après avoir contemplé quelques instants les mille détails de ce spectacle pittoresque, nous continuâmes notre chemin en profitant de l'abri relatif que nous offraient les hauteurs.

Nous étions arrêtés à chaque instant par de longs convois de soldats vêtus de kaki, couverts de boue des pieds à la tête, se rendant aux tranchées ou en revenant. Mais tous, Anglais, Australiens, Canadiens, Écossais en jupe courte, Sud-Africains au chapeau mou orné de rubans multicolores, magnifiques Hindous au turban blanc, portaient le signe distinctif de leur race, de leur comté, et quelques-uns même de leurs familles. Nous vîmes même un détachement de peauxrouges qui parlaient encore le patois bas-normand que leur enseignèrent les colons français du Dominion.

C'était comme une fresque grandiose, un pittoresque défilé de tous les peuples de l'univers accourus de tous les points du globe pour défendre la civilisation menacée par les barbares.

Nous n'avancions plus maintenant qu'avec une extrême lenteur; le sifflement de la fusillade et le fracas des explosions se faisaient plus précis et se rapprochaient de nous d'instant en instant.

Un quart d'heure après, nous faisions halte à l'abri d'une meule de paille.

— On ne peut pas aller plus loin en auto, expliqua notre guide; nous laisserons la voiture ici, nous sommes presque arrivés aux tranchées de seconde ligne. Nous y accéderons par un souterrain qui est certainement une des choses les plus curieuses que je connaisse.

Nous nous trouvions auprès d'une ferme abandonnée où nous entrâmes.

Dans la cour, sous un vaste hangar, étaient installées des cuisines roulantes.

— C'est ici le point de départ, nous dit l'interprète : le ravitaillement!...

En arrière des cuisines s'ouvrait une grande porte charretière qui donnait accès à un immense tunnel, grotte naturelle, une « creute » comme il s'en trouve beaucoup dans l'Aisne et dans l'Artois.

Sous dix mètres d'épaisseur, cette trouée d'inégale largeur, en plein roc, conduisait aux premières lignes.

Elle était peuplée comme une fourmilière. En de certains endroits la creute s'élargissait et formait rond-point. Là, auprès de petites tables, à droite, à gauche, dans les recoins, des hommes jouaient aux cartes, d'autres parcouraient les journaux ou un livre, d'autres encore écrivaient à leurs parents.

A la lueur des lampes portatives qui les éclairaient, je remarquai que toutes les figures de ces soldats étaient souriantes et résolues.

— C'est la nuit que nous travaillons, me dit notre guide; le jour, on se terre. Dès que la nuit vient, l'activité commence jusqu'à l'aube. Les tranchées alors s'ajoutent aux tranchées et les fils de fer aux ronces barbelées.

Nous continuons notre route pendant 800 mètres environ, mais le terme de notre course approche car on nous recommande :

— Maintenant, marchez sans bruit et parlez bas.

Nous voici au jour, dans un boyau où le chemin est, par moment, si étroit que les hommes sont obligés de se plaquer contre les parois pour nous laisser passer.

Plus un mot, on marche dans le silence.

Soudain, l'officier qui nous accompagne me saisit le bras et me dit à l'oreille :

— Par cette ouverture, regardez vite!... droit devant vous, en face du poteau...

A trente mètres à peine, j'aperçois une main dépassant le

parapet de la tranchée allemande et, l'instant d'après, le propriétaire de cette main qui se découvre peu à peu.

A côté de moi, un tommy a déjà braqué son fusil et le vise
longuement, tranquillement, comme on vise une bête fauve à la
chasse à l'affût. Cela dure trente ou quarante secondes. Un coup
part, suivi de deux autres.

Presque aussitôt, une balle passe en sifflant au-dessus de
nous, manque son but et va se perdre dans les broussailles
qu'elle effeuille. Après quoi le silence retombe plus profond et,
aussi, plus étrange.

A la guerre, tuer ou être tué, c'est le dilemme fatal. A quelques mètres de nous sont enfermés, enfouis plutôt, nos adver-
saires qui nous ont appris cette guerre de taupes, cette lutte
hypocrite où l'on avance à la façon des termites et des vers
rongeurs.

A la minute la plus imprévue, ce sera l'explosion interne
des bombes asphyxiantes, des gaz qui brûlent et qui aveuglent.
Quelle horreur!...

Je pousse un soupir de soulagement lorsque l'interprète
m'invite à rebrousser chemin.

— Il ne faut pas croire, me confie cet aimable cicérone
quand nous rentrons dans la zone moins dangereuse, il ne faut
pas croire que toujours les soldats qui se trouvent ainsi nez à
nez se tirent dessus ou s'envoient des grenades. A certains moments, on se distrait en se jetant des journaux roulés en boule
et lestés d'un caillou. L'autre jour, ici même, nous vîmes arriver un chien porteur de ce message attaché à son cou :

« Prière de prévenir le caporal X... du ...ᵉ régiment d'infan-
« terie française, du côté de Soissons, que sa femme et ses en-
« fants, qui habitent Lens, dans les lignes allemandes, se por-
« tent bien et lui envoient leurs amitiés. »

— Nous avons fait la commission.

A ce moment, un cri, que je retins en mettant la main sur
ma bouche, faillit m'échapper. En levant la tête, je venais
d'apercevoir une saucisse en flammes. C'est de ce nom que les
soldats appellent les ballons captifs qui portent les observateurs.

De la nacelle une masse noire venait de tomber. J'allais voir
sans doute un malheureux s'abîmer sur le sol et une angoisse
m'étreignit le cœur.

L'interprète avait suivi mon regard et souriait. Pourquoi?

Une seconde se passa, terrible, et alors à la terreur succéda la surprise. La masse noire que j'avais vue tomber comme un bolide se recouvrait à présent d'un parachute et lentement descendait, planant au-dessus de nous. Droit et immobile, un homme accroché à ce parachute s'en allait, poussé par le vent, atterrir dans la direction de l'arrière.

Avec son flegme britannique, notre cicerone dit simplement :

— Nos appareils fonctionnent très bien !... Nos observateurs sont habitués à ce genre de descente. C'est un sport comme un autre !...

Malgré moi je frissonne et je ne reprends confiance que lorsque je me retrouve sous le tunnel. On est là, tout de suite, baigné de gaieté et de consolante sécurité. Soldats et chefs vivent en camarades. Ce séjour dans les tranchées, qui rend plus intime la vie des officiers et des soldats, leur inspire davantage l'idée de dévouement et de devoir.

— Voyez-vous, me dit l'interprète lorsque nous sommes de retour à l'endroit où nous avons laissé notre auto, à quelque chose malheur est bon. Notre vis-à-vis avec les Boches n'est pas près de se terminer. Si nous disions que nous en sommes enchantés, nous mentirions ; mais c'est notre intérêt, à nous les alliés, que la guerre dure longtemps. Plus elle durera et plus on détestera les Boches.

« Et pour finir, conclut-il en souriant, je vous citerai un mot que j'ai lu dans un journal français : l'*Echo des Tranchées* :

« Messieurs les Boches, nous resterons devant vous, face à face,

« jusqu'au jour, qui viendra sûrement, où, après nous avoir

« montré votre visage de devant, vous nous montrerez l'autre ! »

V

LA MORT DE SERGE BASSET

Nous étions depuis plusieurs jours cantonnés à la ferme, avec les officiers de l'état-major, quand je vis arriver, un matin, Henri Ruffin, correspondant de l'agence Havas, signor Bedolo, correspondant du *Giornale d'Italia*, et notre grand confrère et ami Serge Basset, envoyé par le *Petit Parisien* au front britannique.

Serge Basset était une des figures les plus sympathiques parmi la presse parisienne. Nous l'aimions tous pour sa belle nature franche, vive et loyale autant que pour ses qualités professionnelles.

— Vous arrivez à point, lui dis-je après les compliments de bienvenue, le canon tonne du côté de Lens et on nous annonce de bonnes nouvelles. Les Anglais ont attaqué sur les deux rives de la Souchez.

— Tant mieux, me répondit-il, je suis avide de nouveau!...

Le soir même, les bonnes nouvelles se confirmaient. Nos alliés s'étaient emparés de deux kilomètres de tranchées aux environs d'Oppy si bien que le saillant de Lens devenait de plus en plus difficile à tenir pour les Allemands.

Le lendemain matin, vendredi 29 juin, nous étions autorisés à nous rendre aux abords de Lens.

Tout le long du chemin, en automobile, Serge Basset fut d'une gaieté étourdissante. Il était vêtu d'un costume kaki avec sa croix de la Légion d'honneur sur la poitrine. Il avait l'air et le flegme d'un officier anglais.

Le temps était superbe. A un tournant de la route, notre auto stoppa. Nous descendîmes, afin de continuer à pied notre chemin.

Je remarquai une borne kilométrique portant cette indication :

Lens, 5 kilomètres 500.

Notre petite caravane ressemblait à une théorie de pèlerins, le bâton à la main, le masque en bandoulière, à travers les ruines désolées de ce malheureux pays.

Nous trouvâmes plusieurs inscriptions allemandes.

— Je vais en mettre de côté quelques-unes que je reprendrai au retour, dit Serge Basset. Et il alla placer dans le fossé divers écriteaux de bois sur lesquels étaient imprimés des caractères allemands.

— Vous allez vous embarrasser de bibelots bien inutiles, lui dis-je?

— Evidemment, cela ne vous paraît pas présenter un fort grand intérêt, cet écriteau qui vous apprend que le 3ᵉ bataillon de la 2ᵉ compagnie du 17ᵉ régiment de landwehr a cantonné par ici. Mais ce n'est pas seulement un souvenir que je désire emporter, c'est une pièce à conviction. C'est la preuve que je suis passé par cet endroit.

Ruffin le reçoit dans ses bras.
(p. 31.)

— Empêcherez-vous les imbéciles, répondis-je, de dire que les articles des journalistes du front sont faits à tête reposée, sur une table de café de l'arrière? Non! Vous avez le souci de la vérité et je vous en loue hautement, mais permettez-moi, mon cher confrère, de vous dire qu'en bien des cas la recherche de la vérité n'oblige pas à commettre des imprudences.

— Vous en avez de bonnes!... Il est imprudent de ramasser des écriteaux?

— Je ne dis pas cela, mais à propos de cela, je vous conseille la prudence parce que vous êtes trop audacieux!

— Le fait est, reprit Henri Ruffin, que vous êtes un intrépide, mon ami Serge; allant toujours de l'avant, passionné pour la bataille que vous devez décrire ou résumer, vous êtes merveilleux de courage tranquille et vous ne pensez jamais au danger.

— Et dire, reprit Serge Basset, qu'il est de mode de railler les journalistes qui accompagnent les armées et de déclarer qu'ils ne courent aucun risque. Hier, le correspondant d'un grand journal canadien est tombé, asphyxié par un obus à gaz. Cela ne détruira d'ailleurs pas la légende!...

Tout en devisant ainsi nous arrivâmes à Liévin.

En passant devant un jardin ou plutôt devant ce qui avait dû être un jardin, Serge aperçut, au milieu d'un monceau de cendres, appuyée encore contre un restant de muraille, la tige d'un rosier grimpant qui supportait intacte et superbement épanouie une rose du plus beau rouge.

Il la cueillit et la plaça en cocarde à sa boutonnière.

— Est-il imprudent de cueillir des roses? demanda mon confrère en se tournant vers moi.

Je souris, comprenant fort bien l'ironie de la question. Qu'aurais-je répondu alors si j'avais pu prévoir le terrible événement qui allait se passer!...

Des blessés anglais s'égrènent sur la route et Serge, qui parle admirablement leur langue, en questionne quelques-uns, en encourage quelques autres, puis il les quitte en leur faisant un salut amical de la main et, avec cet accent de bonté que nous aimions tant en lui, il leur souhaite :

— Good luck! my boys! (bonne chance, mes enfants!)

Nous avons dépassé la fosse numéro 3 et nous arrivons aux abords de la cote 65, prise d'assaut deux jours auparavant par nos alliés.

C'est une magnifique position dont le sol révulsé porte encore quelques cadavres.

— Montons là-haut, s'écrie Serge Basset, nous verrons quelque chose de beau!...

Du sommet de la crête, sur la droite, nous distinguons les ruines des réservoirs de Lens :

— N'allez pas de ce côté, crie aussitôt le capitaine Hale, notre guide, c'est dangereux.

Soit que Serge n'eût pas entendu, soit qu'il obéisse à une voix plus impérieuse que celle de notre chef, il prend la direction des ruines. Franchissant les trous d'obus, il est bientôt au but et nous voyons sa large et grande silhouette, surmontée de la rose qu'il avait arborée se profiler sur l'horizon.

Ruffin, de l'agence Havas, est celui de nous qui se trouve le plus rapproché de notre confrère du *Petit Parisien*.

— L'imprudent! dit-il, et comme s'il avait le funeste pressentiment du danger, il court pour lui faire part du désir du captain de le voir revenir un peu en arrière.

— Regarde comme c'est joli, lui dit Serge, en lui montrant Lens à ses pieds.

C'était, en effet, un spectacle profondément émouvant. A 300 mètres à peine, des obus britanniques écrasaient sans arrêt la première ligne allemande. Pas un coup de canon, pas un coup de fusil venant de l'ennemi. On pouvait avoir, en ce moment, l'impression de la sécurité absolue.

Soudain, j'entends un coup sec et proche de nous!...

Serge pousse un cri.

— Je suis perdu!...

Ruffin le reçoit dans ses bras.

Nous nous précipitons au secours de notre pauvre ami, balbutiant je ne sais quoi afin de le rassurer. Le plus pressé est de le mettre à l'abri de nouveaux coups.

Un trou d'obus énorme se trouvait derrière nous, nous couchons Serge sur le dos et nous le glissons au fond de l'entonnoir.

Déjà notre confrère italien Bedolo est parti au pas de course chercher des brancardiers. Le capitaine Hale demeure à nos côtés.

Dès que notre ami rouvre les yeux, sa première parole est pour sa femme et ses enfants, qu'il recommande à notre amitié; puis, il ferme à nouveau les yeux et murmure d'une voix presque éteinte :

— Oh! que je souffre! mon Dieu! que je souffre!...

Nous ne savons, hélas! que répondre. Nous ne pouvons qu'attendre le secours des brancardiers, dont s'est mis en quête Bedolo. Aucune langue humaine ne pourrait dire la douleur atroce que nous éprouvons dans cette minute tragique.

Serge était mortellement frappé. La balle avait pénétré un peu au-dessus du foie. La blessure saignait abondamment et malgré tous nos essais de compression, nous ne parvenions pas à arrêter ni même à modérer l'hémorragie. Jamais le ruban de la Légion d'honneur n'avait brillé sur sa poitrine d'un aussi vif éclat qu'en ce moment. Serge répéta à quatre reprises différentes le nom de sa femme et de ses enfants. Puis il regarda le capitaine Hale, qu'il avait en profonde estime, et lui dit :

— Je vous aime bien, capitaine !

Et tournant de notre côté sa tête déjà exsangue, il ajouta :

— Et vous aussi, mes amis !...

C'était atroce et il ne fallait pas pleurer !...

Nous dûmes attendre une grande demi-heure avant que les brancardiers parvinssent jusqu'à nous.

— Ils ne viendront pas ! disait Serge. Ils ne viendront pas, ils vont me laisser mourir ici !...

Ils vinrent enfin.

Ruffin, qui était remonté à la surface de la terre, les aperçut gravissant la côte en toute hâte.

— Les voici ! annonça-t-il...

Mais ces mots, qui eussent réjoui notre pauvre ami cinq minutes auparavant, il ne les entendait plus. Il venait d'entrer dans le coma.

Alors, il se passa une chose épouvantable.

Dès que les Boches eurent découvert les brancardiers, eux qui ne tiraient pas un coup de canon, ils déversèrent sur le triste lieu d'où nous essayions d'arracher notre ami, un déluge de mitraille. Suivant leur affreuse coutume, ils tiraient sur notre cher blessé.

On prit la route, en se cachant du mieux que l'on pouvait, d'entonnoir en entonnoir. A peine avions-nous atteint le troisième trou d'obus que Serge rendit l'âme.

Ainsi mourut Serge Basset, de la mort de ces soldats français, britanniques, italiens, qu'il avait vus et qu'il voyait à l'œuvre et dont il ne cessait de célébrer la grandeur d'âme.

FIN

Pour paraître vendredi prochain :
UN COUP DE MAIN AU NORD DE SOISSONS

LA COLLECTION "PATRIE"

20ᶜ · L'OUVRAGE COMPLET ILLUSTRÉ · **20ᶜ**

LA COLLECTION "PATRIE" raconte chaque semaine un épisode de la Grande Guerre, émouvant, dramatique, vécu, puisé dans la glorieuse épopée.

LA COLLECTION "PATRIE" est la véritable publication destinée à perpétuer l'admiration pour les héros et l'exécration pour les barbares.

OUVRAGES PARUS :

1. La Chasse au Zeppelin.
2. La Reprise du Fort de Douaumont.
3. Miss Cavell, Héroïne et Martyre.
4. Les Marais de Saint-Gond.
5. La Chasse au Sous-marin.
6. Perdus dans le "Labyrinthe".
7. Les Français en Alsace.
8. La Belgique à feu et à sang.
9. La Prise de Tahure.
10. Un héros italien : Cesare Battisti.
11. Aux Éparges : Zizi, agent de liaison.
12. Combat naval du Jutland.
13. La Bataille de l'Ourcq.
14. Les Vitriers à Bezonvaux.
15. Tommies et Gourkas.
16. Ma Mitrailleuse.
17. L'Escadrille de la mort.
18. La Prise de Combles.
19. Les Tanks à la Bataille de la Somme.
20. Le Grand Couronné de Nancy.
21. La Guerre en masques.
22. Reims sous les obus.
23. La Bataille dans les neiges.
24. Dans les usines de guerre.
25. Les Diables bleus au "Vieil-Armand"
26. L'Espionne de la Marine.
27. La Guerre sous terre.
28. L'Épopée Serbe.
29. Les Zouaves à l'assaut (A Mesnil-les-Hurlus)
30. La Garde aux Océans.
31. La Délivrance de Noyon.
32. Prisonnier des Turcs (Aux Dardanelles).
33. Au Mort-Homme sous la mitraille.
34. Le Journal d'un Otage.
35. Le Serment de l'Aviateur.
36. Les Chars d'assaut à Juvincourt.
37. L'Épopée du Fort de Vaux.
38. Les Grenadiers de la République.
39. Souvenirs d'un Prisonnier.
40. A la conquête de Bagdad.
41. Les Héros de Notre-Dame-de-Lorette
42. L'Appel aux Armes.
43. Pierrik le mousse, pêcheur de sous-marins.
44. Les Cuistots du Moulin de Laffaux.
45. Guynemer, l'As des As.
46. La Prise de Craonne.
47. Un Gosse héroïque.
48. Les Canadiens à Vimy.
49. Les Téléphonistes dans la bataille (A Beauséjour)
50. Le Premier Choc.
51. La Caverne du Dragon.
52. Souvenirs d'une Infirmière.
53. La Voie sacrée.
54. La Bataille de l'Yser.
55. Satanas, roi des canons.
56. Le Roman d'un Sénégalais.
57. Le Chemin des Dames.
58. Le Forceur de blocus.
59. Mon Évasion.
60. La Saucisse infernale.

61. La Victoire de la Malmaison.

20ᶜ · le récit complet illustré · **20ᶜ**

Il paraît un nouvel ouvrage tous les Vendredis

En préparation : Un coup de main au nord de Soissons. — Un Parisien à Salonique.

F. ROUFF, Éditeur, 148, rue de Vaugirard, PARIS-15ᵉ

 Paris. — Imp. de Vaugirard.

www.ingramcontent.com/pod-product-compliance
Lightning Source LLC
Chambersburg PA
CBHW071407030726
47594CB00006B/2362